我沒有談的那場戀愛

林婉瑜文集

陳曉娟（金曲獎第14屆及第15屆最佳作曲人）：

第一次和婉瑜的相遇，是在一本集結各領域創作者的書裡。

當時婉瑜和我的文字，都收錄在這本合集中，書中那麼多作者，對她印象特別深刻，主要是因為她描述了她母親在病榻中的故事，讀著裡頭那些熟悉的對話，不知不覺，我也掉進了自己對已逝母親的想念中。過不了多久，我離開台灣，移居到中東最保守的回教國，進入一片非常不一樣的沙漠，過著不同以往的生活。那裡沒有我熟悉的語言，也沒有能讓人產生音符的文化結構。在移居當地之前，我的生活被文字跟旋律填滿且豐潤有餘，然而移居後大把的光陰似是壞掉的時鐘，一直被困在同個時間裡。有天，我督促自己必須寫點什麼了，開始儀式化的打開思緒的雷達，尋覓著各式線索，下意識的從書架抽出那本合集隨意翻閱，接著戲劇化的像開啟什麼開關似的，我上網搜索「林婉瑜」這個名字，才知道婉瑜的創作是以詩為主。當晚，我坐在書桌前，在電腦螢幕上一幕一幕翻閱著，讀著一首又一首……，像著了魔般讀到欲罷不能。然後從那開始直到今天，「讀婉瑜的詩」是習慣，也成為生活必要之事。

我想自己大概算鐵粉吧！我的朋友們都知道我其實不算容易被說服的人，但我確實每次都能被婉瑜的詩給說服。於是，實際認識她本人以後，總渴望她能再更多的把觸角延伸到唱片，也渴望與她有更多合作機會。每每她告知我，發表了新的歌詞，自己心裡就有說不出的嫉妒和虛榮。嫉妒是因為自己的創作很難跟得上她的創作速度；虛榮的則是，無比肯定自己的獨具慧眼，竟能為唱片界找到一顆很能發光的明星。這麼多年的音樂工作合作經驗中，經常能體會到隔行如隔山，音樂與文字不合拍那種使不上力的無奈，但，婉瑜在歌裡的文字，一如我初見她的詩一樣，其帶領出的畫面、躍動的節奏感或字裡行間給予的創意，同樣讓人望塵莫及！

我們何其有幸，能有讀不完的「林婉瑜」。

艾怡良（金曲獎第28屆最佳國語女歌手及第30屆最佳作曲人）：

偶爾因為多愁善感（或愛上一個人）超速，而領取一張一千六的罰單，似乎也挺浪漫，是一張值得裱框的罰單，掛了整面牆不得不說也算合理。

婉瑜的輕描淡寫，仔細咀嚼後成為戳痛我許久的仙人掌毛刺，不像荊棘，是毛刺！那種你以為徒手觸摸仙人掌上的灰燼應無所謂，接下來的數小時卻演變成肉眼不可見的灼燒。

像不想讓人覺得她（人們）是感性之人一般，生活中也絕口不提愛與不愛，忘與不忘，反倒專注於時間軸上的空隙，一小口啤酒和一個記憶中的濕度，都有一個相對應的畫面與名字，要還饒不了自己，那也可以在於公之際分神，況且我認為這種分神是必要的，不然，理性的面具似乎也太沉重，戴久了又假又醜，不戴再被嫌吵，裡外不是人，天殺的要人類何去何從。

我想，回歸到人性，創作是一種認可，對自己的闡述。婉瑜或許在駕駛座，或許在某個揉著貓脖子的角落，緩緩的，毫不留情卻帶著關心的眼神問你：「我說說關於自己的事，你別介意好嗎？」

你一點頭，她的絮語便會滲入你。

溫郁芳（金鐘獎第43屆及第48屆最佳編劇）：

初識林婉瑜起源於買了《那些閃電指向你》這本詩集，我一向對喜歡的作者有瘋狂蒐集的習慣，看完閃電後，我立刻將林婉瑜所有作品全都買齊，後來不知過了多久，無意間我在臉書上發現了林婉瑜，我主動遞出交友邀請，並很快得到了回應，當時林婉瑜說她很喜歡我多年前的作品《含苞欲墜的每一天》，於是就這樣我從一個默默支持的讀者成了詩人網路上的朋友，雖然這幾年我與她現實交集不多，但我能從她臉書發文感受到詩人平日生活的細膩與柔軟，而這也是我喜歡林婉瑜詩集的原因。

上了大學以後我喜愛閱讀詩集，詩對我來說是撒在鹽花布丁上的粗鹽，它將生活裡的情感精煉提升，在餘味中讓人眷戀，有時詩是海邊靜靜撫慰傷痛與遺憾的一陣風，有時它是闇夜裡與眾人共賞的煙花，但大多時刻它對我而言是扮演著無法向他人具象、卻能在其中找到共鳴的雨聲，我羨慕林婉瑜寫詩的能力，我喜歡她的文字，這本文集收集了林婉瑜對生活的拾綴，她的筆觸夾帶著詩人的敏感與浪漫，文字安靜卻又能在不經意中碰觸內心，身為忠實讀者，真的非常榮幸能跟著林婉瑜看到這些風景，也期待能繼續跟著她往未來走去。

張亦絢（小說家、書評與影評人）：

婉瑜始終都在我私心鍾愛的作者名單之中，因為我最喜歡底子素直的寫作者。素直之人不是身無燦爛奇特，比喻來說，同樣是蕾絲花邊，在素直者身上，就是不顯冗贅，只添清麗。《我沒有談的那場戀愛》也是如此。裡面越是看似直接與短小的，越是波瀾壯闊。真不知該說是螞蟻雄兵呢，還是奈米科技。認真，但從來不認真過頭；踏實，又可以對不踏實之事心存領悟——雖然大家都會覺得用「完美」形容任何事物都是誇大，但這些文章喚起我的感覺總很接近完美的感覺，像是Lou Reed（盧．里德）〈完美一日〉——別無所求、輕聲踱步的音樂。

她有時又讓我想到兒時童話裡的小仙子，即使發脾氣都很克己，慍怒時也拋不開愛心。這些創造可愛復可敬，我帶著笑意讀它，並且深信，別人也會喜歡。

目錄

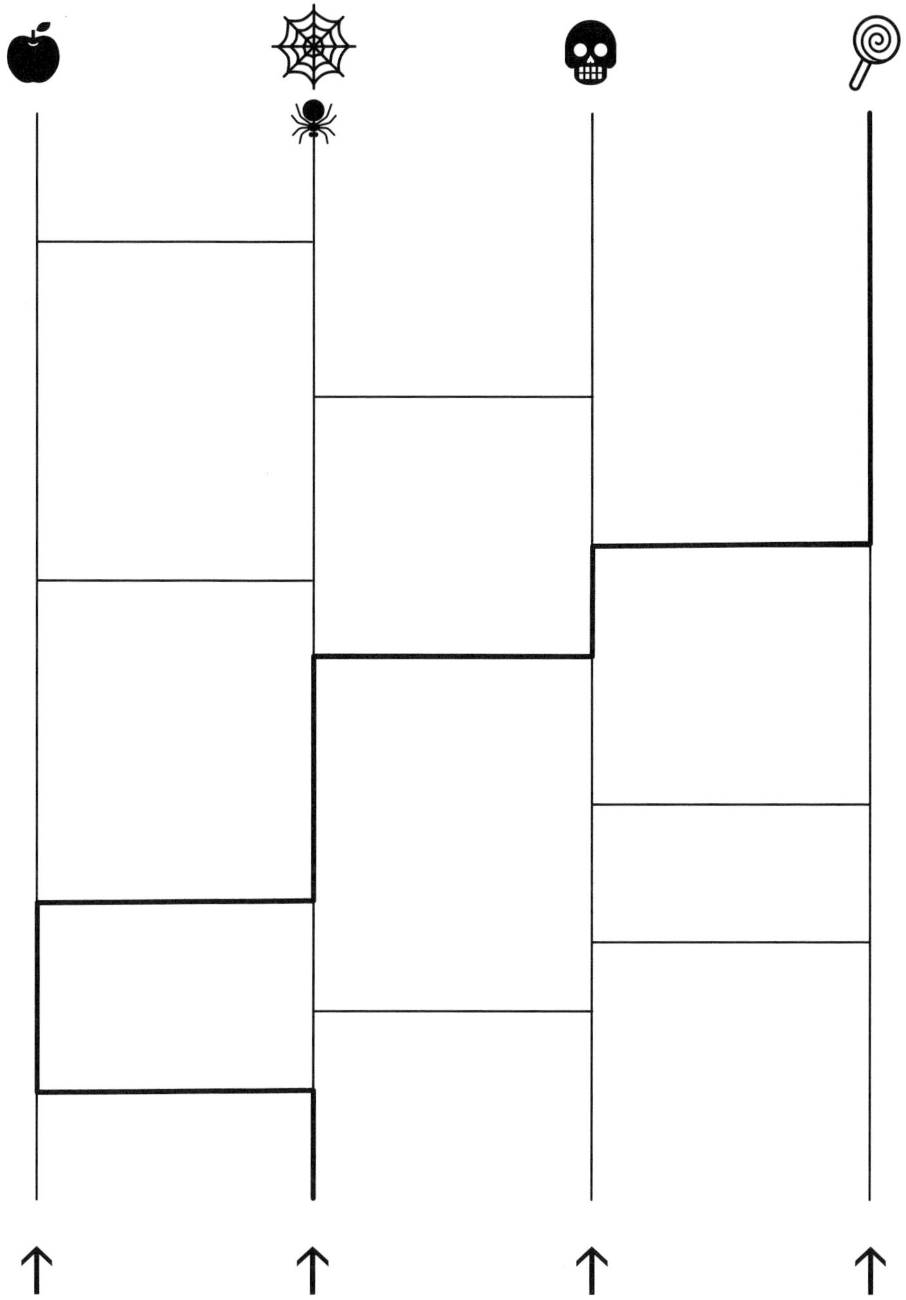

自由式

我想和你一起盪鞦韆
往後盪到達天空的頂點
往前盪到達海洋的邊緣
就這樣擺盪
直到模糊了空間的界線

我要把你寫進故事
分配一個幸運的角色給你
我要把你畫進我的畫裡
當時間往前

不斷把風景丟到後面
保留你，做我心中的靜物

我要和你一起旅行，迷路，誤入歧途

和你一起在大海裡
游著自由式
也去海葵那裡尋找小丑魚

和你一起夜遊
在快要抵達黎明的時候
不斷後退、後退
停留在夜晚的中心

和你一起做夢
在惡夢中，互相救援

我要一直抒情
如果你都在聆聽

我要愛你很久
就像星星永遠不會真正地消失
是在舊的夜晚終結以前
向前傳遞
給新的夜晚

我沒有談的那場戀愛

我沒有談的那場戀愛，非常完美。

沒有笨拙的告白，沒有告白被拒，沒有一邊發呆一邊想著「他現在在做什麼」，沒有故意出現在他必經的路線，沒有每半小時看一次Line等待新訊息，沒有誰在誰的耳邊輕聲說「我愛你」有如雷擊，沒有一起散步直到天空塌陷，沒有一起在大雨中淋個濕透，沒有占有和嫉妒，沒有抱歉抱怨暴怒抱頭痛哭，沒有因為手牽手而變成「我們」，沒有久久的擁抱直到兩人都變成化石，不用考慮用什麼筆（或字體字級）寫分手信，沒有一起養一隻叫做「怎麼樣」的貓，沒有人一邊大哭一邊吃掉三包M&M's巧克力，沒有因為想念誰而變笨。

我沒有談的那場戀愛非常完美，是一個從無到無的過程，從沒有擁有到沒有失去，沒有屬於所以不必割捨，沒有承諾所以無關毀棄，沒有靠近所以無所謂變得陌生，無涉真心所以免除傷心，所有原本會經歷的感受都事先遁入空門。

我沒有談的那場戀愛，有存在的可能，也有不在的可能，有因為也有所以，有假設、有不成立，時時刻刻都在修改著故事的草圖，沒有發生，所以也不須消滅。

只剩下那一天

看行事曆，這個月有一天將和你見面，結果這個月突然只剩下那一天，其他的日子分別變成了：和你見面的前一天、和你見面的前兩天、和你見面的前三天、和你見面的後一天……。

不曉得是不是因為昨晚睡前喝了啤酒，今天醒來以前做了一個好夢，夢中你來找我，在我沒有預料的時候，抱住我、親了我一下。夢裡快樂的感覺，延續到醒來後都還持續著。

和你見面的前一天我要潛入溫帶海域尋找花帽水母，和你見面的前兩天我要搭乘火箭前往國際太空站執行任務，和你見面的前三天我要去熱帶雨林和印度貘排練雜耍，和你見面的後一天我要前往沙漠幫絲蘭澆水，並且蓋好海市蜃樓。和你見面那一天，我要抱你，很久。

恢復陌生

前男友們無一倖免都變成了陌生人。

某天到公館幫「詩心引力年曆」的簽名版簽名，結束後，在東南亞戲院看了《小丑》，看完後想起，公館某處，有家店賣水晶餃非常美味，多年前，和J就是在那買了水晶餃，然後回他家一起看球賽轉播。

那天在公館走踏尋覓，google了很多「公館美食」都查不到水晶餃這一項，突然好想打電話問他：

「哈囉，那家水晶餃到底在哪裡呢？你先告訴我，然後我們再繼續當陌生人。」

最後當然是沒打這樣的電話。分手前應該把該問的一次問清楚。

擁抱是一種靜止的運動

你抱著我的時候，我聞到牛奶糖的香氣，聽見海王星人和金星人交談，看見日和月在你胸膛中並行。

像大霧充滿清晨一樣擁抱我，像音樂占據寂靜一樣擁抱我，像土星環圍繞土星一樣擁抱我，像永恆像末日像結果像初衷那樣擁抱我，在此之前從今以後那樣擁抱我。

這麼久以後

在熙攘的街口，遇見幼稚園時偷偷暗戀的同學。
過了這麼久、這麼久以後，我終於能對他說出那句深深埋藏在心裡的話：
「一起喝養樂多，好嗎？」

胸膛是縱谷

寫到凌晨，澈底的疲憊。

從來沒有人覺得寫作是會累的，但心的勞動最是艱難，一個晚上，要拆除多少固著的語言磚塊、要運送多少意義的泥沙俱下、要和多少語詞面談。

離開書房，走進臥室，抱著已熟睡的他撒嬌，這時我並不需要一個人和我對話，只需要一個適合擁抱的身體，承接我，讓我休息。

他的身體溫暖，他的頭髮是平整的灌木叢，心是紅桃K，肩膀是懸崖，靈魂是泛著水光的鏡面。他的嘴唇是糖，不會融化的軟糖，鬍渣是荊棘，指尖是閃電，他的頸項是我手指的滑梯一路滑到他的，胸膛是縱谷。

他的肩胛骨長出翅膀，背著我，低低地滑翔。

帶我閃躲，夢境之中，那些凶險。

正當理由

不小心塗了太多的口紅。
為了校正顏色，只好親吻你。

隱形朋友

寫詩以來，作品刊出時，名字也有被寫錯的時刻。
所以有幾首詩是琬瑜寫的，一首是婉愉寫的，一首是琬俞寫的，還有宛瑜也寫過我的詩。
她們究竟是誰？
可能是我小時候幻想出來的隱形朋友吧。

穿牆而過

性愛最好發生在清醒的時候，不要在半睡半醒之間，不要在虛弱昏沉的時候。意識朦朧的性愛，是壞掉的夢。

像是夢見自己可以穿透任何物體，卻在穿牆而過的時候，恢復成平常，而卡在牆中。

戀人的手

戀人的手帶有一種魔術。

肩膀、額頭、嘴唇……，被他觸碰的地方，都變成了湖面，泛起透明的漣漪。

戀人收回他的手時，魔術也會跟著消失，肩膀、額頭、嘴唇……，曾經泛起的漣漪從最外圈、一圈一圈收回來，變成毫無波紋的湖面。

原來漣漪是湖的傷口，現在傷口癒合了。最後，連湖也消失了。

貓話

朋友來家裡玩，一進門就告訴我，我家門外有一隻貓在徘徊。

拿了一個貓罐頭出門尋貓，一眼就看到他了，橘貓，瘦小，眼神怯懦。

儘管罐頭已經打開並且放在地上了，他卻警戒著不敢上前，可能以前和人類相處的經驗不太好。我和朋友退後再退後，他才放心前進、小心翼翼地吃起來。

我對他說：「以後你來這裡，我就請你吃罐頭喔。」

朋友說：「這樣講他聽不懂啦！」

所以我再一次對小橘說：「以後喵——，你來喵——，這裡喵——，我就請你喵——，吃罐頭喔喵。」

相信這樣他應該瞭解了。

書籤

打開讀了一半的小說，發現幾天前在美式餐廳讀它，闔上書以前、隨手用來當書籤的東西，竟然是我的信用卡。

默默把夾在書裡的卡片收回皮夾，繼續讀下去。

書中自有黃金屋。

這是另一則「書中自有信用卡」的啟示。

生有可戀

也有覺得生無可戀的時候，不斷想像死亡的滋味。如果可以永遠告別人世，另個世界會有什麼在等我？

可是我同時也會想到，罹癌的母親用盡全力想要活下來的樣子。由於癌細胞已經擴散，積極療法是，拿掉癌細胞並且把可能被侵犯的部位一併預防性切除，之後再加上化療；保守療法是，切除癌細胞然後化療。

母親選擇了前者。

大手術後，她拿掉了很多器官組織包括肛門，之後排泄就是從腹部的人工肛門，手術後，她非常堅持定期抽血檢驗癌症指數，因為她要的是完全痊癒，她也相信她會完全痊癒。遇農曆過年，她還是拉著她的點滴架，在廚房一邊打點滴一邊料理年夜飯。

幾年後，轉進安寧病房，醫師說最後的日子不用再限制飲食了，她想吃什麼就買給她。她那時提過的食物有：豬肝湯、蜜番薯、麥香魚……好多好多。每次她在電話中點餐，我就想辦法買到病房給她。想要活著的滋味，應該就是再吃一口豬肝、再吃一口蜜番薯、再吃一口麥香魚的滋味吧。

每次覺得生無可戀的時候，我會想像死，但是同時也會想起那七年間，母親用盡全力想要活下來，的樣子。然後我就會立刻停止，對死亡的想像。

她沒有說的話

母親偏愛妹妹，我常有這種感覺。

出門逛街時，她會搭妹妹的肩、牽妹妹的手，永遠不是我。

需要接送妹妹時，她總是在約定時間的半小時前就非常緊張：「要出門了不然會遲到。」接送我，大概在約定時間的半小時後才姍姍出現，還會顯出一種「為什麼要麻煩她接送」的態度。可能因為我比妹妹大幾歲，不需要她費心，而且我一向有種看似堅強的韌性，即使在病中也不輕易示弱。

讀高中後，我就沒再回家長住了，住校、外宿，對母親態度的落差也就不再多想，離家的人視野突然寬闊，整個世界都在等我闖蕩，打工、畢業、工作、戀愛……，家以外的世界更新鮮，自主且自在。

那天是八月八日父親節，我和妹妹都回台中陪伴父親，母親的看護從台北病房打電話來，說母親已經出現了瀕死的呼吸，父親載我們從台中北上，很遠又很近的路程，行車當中，我們跨過了半夜12點的界線，到達病房時已是八月九日。病房突然變成了大海，母親呼吸的方式就像一個溺水吸不到空氣的人，那麼地深重艱難。有些問題，我已經好久不曾想過了，如果我是母親比較關注的那個孩子，如果母親也把她的手搭在我的肩膀上⋯⋯，我會更快樂嗎？

或者我寧願用一種孤傲自我的姿態長大？

在吐出最後一口氣以前，母親似乎知道自己就要離開了，用力的張開眼睛先看向我，再看向妹妹，最後她的眼光停留在妹妹身上，就停止了呼吸。在那樣的時刻，有一句話她沒有說，可是我聽到了，那句話是：「請你們好好生活。」

新舊

每天的月亮都是新的，一天被減去一點，或者一天增加一點。

城市說不上來是新或舊，巷口夾娃娃店銀亮巨大的「夾」字招牌，到凌晨仍亮著螢光，可每天的冬意，又比前一天深了一點，晚風愈漸凌厲。走去家附近的便利商店，路線是舊的，半夜我隨意選了外套披上，儘管只是轉幾個彎，無人的街巷仍讓我瞻前顧後地提防，怕尾隨的不只是影子。在明亮的便利商店，店員已是舊的了，一次我拿了內文有我照片的雜誌去影印，他問：「你是作家啊？」從此就認定，我總半夜前去應屬作家的正常作息。

新舊交織的日子，總是想起你。

「我喜歡你。」這句，我在心裡說了多次的話，早已是陳舊不堪的了。但對你來說應該是一句嶄新、陌生、感到驚訝的話吧，我從未對你提及，若有一天我第一次對你說出這句話，請收拾驚訝，在這句話凍為冰柱墜落地面以前，伸出你的手接住它。

地球防衛隊

半夜出門去小七買啤酒喝，因為本來已經要睡了，所以穿著寬鬆的睡覺時穿的T恤，裡面並沒有穿胸罩，懶得換裝，就這樣走進小七，但結帳時還是舉起右手臂橫放在自己的胸前，看起來可能像是一個地球防衛隊的姿勢！

其實是要遮激突啊。此時就覺得，如果這是個激突也無妨的環境就好了，回想起來，當地球防衛隊的經驗還不只是一兩次。

最低標準

作為一個生活（上的注意事項的）無能者，有時，對另一半的要求就降低了。

現在我大聲宣布：會記得每晚把行動電源拿去充電，還有，會記得買一手啤酒並且冰進冰箱的，就是好伴侶！

寶藍色

小時候，大概兩三年就搬一次家。

三歲時離開台中的爺爺家，搬到宜蘭五結鄉，然後是宜蘭羅東，接著桃園，再來台南永康，後來又回桃園，之後到了台中太平，最後搬到台中市區至今。這些搬遷大部分是因為父親工作的需要。

如果問我童年，我想到的一是搬家，一是餅乾的香味。

父親最初在台化工作，後來離開台化到了南僑，那時寶僑家品也是南僑的關係企業，很多產品都屬於同一個集團：南僑水晶肥皂、可口奶滋、可口蛋捲、飛柔洗髮精、杜老爺冰淇淋、脆笛酥……。父親有一段長時間是擔任可口奶滋餅乾廠的廠長，他曾帶我們到工廠參觀蛋捲和餅乾的製作過程，有時也會有他以員工身分購買的自家產品送來家裡。

有次他的員工來家中拜訪，一位女職員偷偷問我：「你爸爸在家裡也很凶嗎？」

如果問我有關父親，我會說我們是很不同的人，他畢業於大同工學院機械工程系，我是北藝大戲劇系；他希望我當老師或公務員，我寫他不理解的詩；他有條不紊直到退休後仍每日記帳，我的感性比理性堅強。

離開南僑後，父親去了一家氣體工廠擔任協理，我不瞭解氣體工廠在做什麼，後來知道是生產氫氣、氧氣等，提供醫院或其他工廠使用。從氣體工廠退休後，有家新加坡外商投資的化學纖維工廠找他去擔任總監（工廠地點不在新加坡也不在台灣），非常務實的父親果然去了，薪水是最高的一次，數年後，他因為努力杜絕下屬的貪汙文化，擋了許多人財路，而被威脅要傷害他。這次他終於願意真正地退休，回到台灣。

為母親辦喪事的那陣子，無法成眠的我向父親要了他的安眠藥來吃。

平時，我們並不需要靠安眠藥入睡，只有那段時間，一起看電影的父女檔變成了分食安眠藥的父女檔。如果悲傷有顏色，我的悲傷應該是我最喜歡的寶藍色吧，父親的悲傷應該是他愛的金黃色，那段日子我們沒有職稱、沒有頭銜、甚至也沒有了名字，只是兩個擁抱各自的悲傷、互相陪伴的人。

沒有收件地址的信

腦海中的頁面一頁頁翻過去，我已不太能勾勒出你的長相，看鏡子時，看到自己的鷹勾鼻才想起，我的鷹勾鼻是遺傳自你。

想到你時，總會連帶感覺到一種情緒，那是你對我的不滿意和兩代之間的距離感，我們之間好像經常都是這樣，我對你隱藏我的喜好和生活細節，你對我提出要求和期待。

高中時離家，住在學校宿舍，一天晚上，你從我們家出發，開了一個小時的車來宿舍找我，因你發現我曠了好幾堂補習班的物理課，一進到宿舍外你的車內，你開始斥責我的漫不經心，我記得你是那麼地激動以致整個車子都在搖晃。「每到物理課，我覺得自己是地球人誤闖了火星，看不懂課本上和黑板上的火星文。」想這樣對你表白。

我知道，其實你並不是不愛我，可惜我們是太不相同的人，你以為的愛是每日烹調健康的餐點，並且在我離家前，從你用得破舊的皮夾抽出幾千塊讓我帶著；我以為的愛是，像朋友那樣平等無畏地聊天、交換心事，如果可以消除我們之間的高壓和距離感，即使吃著垃圾食物也會開心吧。

你不是不愛我，否則不會在我11歲的聖誕節時，因我吵鬧著要聖誕禮物，半夜出門去幫我買；不是故意對我冷漠，你只是不知道要怎麼和這個心裡充滿奇想、不肯按部就班長大的小孩溝通。

這些話，都沒機會對你說了，這會是一封沒有收件地址的信，我們之間已經沒有機會繼續不瞭解，也沒有機會轉為瞭解，所有可能性隨著你的逝世終歸於零。

這輩子，已無法再遇見彼此，如果有下輩子，如果還會遇見你，在那遙迢不可知的、未來的遇見裡，讓我們當彼此的朋友吧。

那樣的話，物理課和聖誕禮物，都不會再困擾我們了。

笑容

有些人的笑容背後有陰影，有些人笑，背後有算計。

當我們可以看出一個笑容底下所隱藏的情緒，我們也許會被稱讚，是成熟了，是聰明了。

你對我笑的時候總是那麼真實，沒有暗色塊，沒有糾結的細節在神情裡。

可不可以，經常這樣對我笑？

那，我總是太複雜的心，也可以得到休息。

底片

有時還想著：下次遇到他時，我要如何如何……。

但在漫長的時間之中，有一天突然醒悟的時候，才發現，其實，以後，是永遠不會再見面的。

那些還緊緊握在手中的相處片段，遂變成底片了。

她忘詞的部分

我不想在不同的胸膛之間，流浪。
我不想在不同的臉頰留下，撫摸的指紋。
我不想在不同的床上，留下髮絲。

我只想和你，一起經歷：一個城市到另個城市之間，可能的迷路；一個白晝到另一個白晝之間，必須承受的夜晚；一個星球到另個星球之間，必須穿越的黑暗。
兩次枯萎之間的盛放，兩個親吻之間的暈眩……。
我想和你，一起經歷這些。

就算被處罰

開到時速一百五，然後掉頭回家。
在謹慎和罰單之間，選擇了罰單。
在不愛和被處罰之間，選擇了被處罰。
就算被處罰，也要去觸碰愛你的快樂。

貓的遊戲

和男人說好，不可以再咬我。

下次擁抱時，卻還是被咬了。

把頭靠在他肩膀上時，突然就咬了我的下巴，還是耳垂。雖然只是輕輕的，被牙齒箝住時還是不敢妄動，怕一動會更為疼痛。

是貓的惡戲吧，《貓咪行為解讀》這本書裡寫道：「牠會輕輕咬著你的指頭、手掌或其他地方，就只是輕輕咬著或含著，代表了依賴和傳達愛的情緒，這是貓的溝通方式之一，也是覺得你在和牠玩。」

通常沒有留下痕跡，只有耳垂比較脆弱，有時第二天會顯出一點瘀紅。

「你耳朵怎麼了？」

「什麼？」

「耳朵紅紅的。」

「很紅嗎？」

「一點點。」

「我也不知道哪時候受傷的……」

很難說出，是被男人咬傷的。

下次要這樣回答：「貓咬的，很壞的貓。」

漫遊

二十歲時總覺得孤獨，以為愛情裡會有救贖，但沒有，即使是懂藝術文學的人陪我，也揮之不去那孤獨感。

雨窸窸窣窣下起來的時候，在淡水渡船上看著岸邊燈光的時候，在安寧病房面對昏睡的母親感覺死神對我做鬼臉翻白眼的時候，徹夜修改一首詩凌晨虛脫走到郵筒寄出……，那些，最孤獨的時刻。

後來慢慢瞭解，這種孤獨，是屬於創作者的孤獨。

日與夜之中的城市和大自然、生命中的愛憎遭遇、現實的不義荒謬，在創作者心中投射出巨大的影子，蕩漾難以言喻的感受。那些神祕詩意、深重體會，找不到另一個相仿的人可以理解；世界在心中投下倒影，幻變出魔幻的圖案，沒有另一個質感相似的靈魂能一起看見；意識出發去遠方遊歷時，沒有旗鼓相當的對手可以一起去……。這是屬於創作者的，孤獨的自我。

不只是詩的創作者，其他形式的創作者也是如此吧。這樣的自我，如果竟然能輕易的被理解被撫慰，那也就不足為奇了。

那心智的漫遊——在文明中徒步跋涉每條堂皇大道或幽深小徑——記載沿路的冒險，而成為詩。

後來，我不再尋覓另一個動盪的靈魂。

「給我一個下雨時可供遮蔽的城堡好了。」我這樣許願。

那些孤獨的踏查的路，我願意自己出發。

註：本文經過修改，原文刊載於二〇一五年十二月十五日《博客來OKAPI》「詩人／私人・讀詩」專欄。

全世界都暫停

跑到我的生活的邊界，眺望你的生活，並且對著你大喊：

「嘿，很喜歡你，要不要來我的生活看一看？」

你遲疑地說：「等我一下，我還沒做好準備。」

於是，全世界都暫停下來等你了。

落葉停在掉落的途中，花定格在綻放的一半，野鴿暫停飛翔迫降在路線中途，城市的空中懸浮著成千上萬靜止的雨滴，在原處旋轉，像一顆顆透明細小的玻璃珠。

直到你說：「好了，我準備好了。」

大步朝我的生活走過來，世界才開始重啟運作：雨順利落下來了，鴿子啟程再飛，落葉終於著陸，花也繼續開放到最盛大的地步。

就連停下來等你的、原地解散的風，也重新凝聚，往我們吹過來了。

曠室之中

和他見面以前，去做了指甲。

緊張時會啃咬指甲，平常時候指甲是不好看的，當手坦露在別人面前，像是坦露自己的弱點似的，「要和一個重要的人見面。」對美甲師這麼說。

自從燙髮後，就失去了自己整理頭髮的能力，每根頭髮都有它自己想去的地方，每天我像美杜莎一樣疲於控制，赴約前，也讓美髮師整理了滿頭亂髮，「要和一個重要的人見面。」對美髮師這麼說。

赴約那天，隱藏了弱點（指甲）也讓髮絲服服貼貼的，一切都整齊了，最凌亂的應該是我的心吧，車窗外，疾速流逝的景物讓我的眼神無法固定在某一定點，「真的，好喜歡你。」心的曠室之中，有人這麼說。

空白的旅行

那次月經不曉得為什麼，比起以往流了更多的血，去北海道的時候處於一種虛弱、昏沉的狀態，在兩個定點之間我都是睡著的，到達定點時他叫醒我，但我也不想下車，寧願留在車上睡覺，所以現在回想起那次旅行，留下了這樣的印象：

喔，是薰衣草田。（昏睡）

喔，是馬。（昏睡）

喔，是溫泉。（昏睡）

是魯冰花田啊。（昏睡）

是帝王蟹，吃喝一頓以後又昏睡。

回台以後身體復原了，可是北海道的行程已經無法再重複一遍。

從北海道帶回一包魯冰花種子，估算花期，選了一天種下，過一陣子順利開花了。

鄰人好奇地問：「什麼花呢這麼特別？」雀躍地回答：「是北海道帶回來的魯冰花。」

是魯冰花，像是要彌補空白的旅行記憶，我用力記住魯冰花綻放的樣子。

交談的雲絮

半夜，潛進泰式按摩店。雖然長期坐在電腦前的身體，長期都是一種僵硬酸痛狀態，能去按摩都已是很久以後的事了。

想按摩，大概是期待一種觸摸，放空的身體突然湧上疲倦。

按摩師是泰國人，手法和以前遇過的不太一樣，問她在哪裡學按摩的呢，她說是泰國的按摩學校。身體像一塊布料被揉、捲、拉、推、延伸、折疊。

找了話題和她聊天，隔著布簾，隔壁也傳來男客人和他的按摩師的交談，空調聲中對話聽起來霧霧的，不清楚內容。每個隔間的交談像是一團一團不同顏色的雲絮，話語失去了銳利的稜角，只有柔軟的音調暈染了一部分的空氣。

昏暗中看不清按摩師的臉反而非常放心，她不知道我的名字，我只知道她是55

號，在這個房間裡的遇見，走出去以後就會消失了，所以無邊際地亂聊也無所謂。兩個小時結束，換回自己的衣褲打開布簾，按摩師站在外面，這時才清楚看見她的臉，和她世故的談話、中低嗓音比起來，竟有一張年輕清麗的臉，她笑著，告訴我洗手間的方向。我知道剛才房間裡交談的雲絮，已經消失，如果在市街遇見，我們是無法認出彼此的。

棄之可以

帶上公寓大門時，隱約有種感覺，以後應該是不會再回來這裡了。

相處以後，從兩人觀念的落差才瞭解到，這應該，似乎，極為可能，不是一段可以長久的關係。終有結束的一日，而我關上公寓大門時決定了，這一天就是最後一天。沒什麼感傷沒有遺憾，如果總是要召喚「永遠」現身、作為故事的結局，可能「永遠」本人也已經很煩了吧。

是什麼讓戀人決定了，某日是終結之日？

因為那天路人臉上的表情神祕彷彿有所暗示？

因為農民曆顯示那天是大吉／大凶之日？

因為那天有人聲稱目睹飛碟降落？

因為那天看見喜鵲？

因為那天看見烏鴉？

因為那天非常之清醒，清醒到，知道兩人的未來不是棄之可惜，是棄之可以。

沒有被遺忘的歌

我曾經收過一個禮物，是一張燒錄的光碟，裡面都是我喜歡的歌。相處之中跟他說，喜歡這首、喜歡那首，最後他全部記得，把我提過的歌燒在光碟裡送我，光碟封面有他的筆跡寫出了所有曲目。

那張光碟我保留了很久，也許有十年，買來的專輯CD總是那麼容易磨損刮傷壞掉，那張燒錄的光碟被我亂丟亂放，卻絲毫無損，每次放進車裡的CD player都能流暢的播放到最後。

但後來，忘了是哪次整理東西，看見時，心一橫就把它丟掉了。

現在只記得其中兩首歌，因為那兩首歌至今還會聽，是Santana和Rob Thomas合作的〈Smooth〉，還有久保田利伸的〈La La La Love Song〉。現在已經不需要燒成光碟了，喜歡的歌，打開音樂串流平台存在播放清單就好，前陣子，我在我的Spotify裡也加入了這兩首歌。有些歌就是這樣連結了一些人的記憶吧，聽到的時候，雖然身處在不同的時空，兩個人卻不約而同想起了什麼。

那個永遠

就像馬拉松的後半段，知道有某人在終點等我。
可是肌肉瓦解、神魂消散、血液沸騰，已到不了終點。

「親愛的，我想我無法抵達，那個永遠。」
眼看著，眼看著，幸福的人們，紛紛超越了我的身邊。

洋桔梗

你最喜歡什麼花？

我最喜歡洋桔梗。

沒人知道這件事，所以很尋常的，我總會收到玫瑰、香水百合或野薑花。

洋桔梗的花朵是用水彩畫出來的，有白色漸層到淡紫的花瓣，也有白色花只在邊沿的地方隨意落下幾點粉紅，像畫者離開前的寫意落款。

不像自自然然的色彩，全都像畫的那樣精緻，因為像畫的所以也沒有散發香味。

單色的洋桔梗也喜歡，白、粉紅、粉橘……，雖然只是單一顏色，色彩的細緻度，溫和卻飽滿的顏色顆粒，都是作畫人仔細調配過。花朵的質料脆弱，一不小心就會弄傷，不像院子裡的扶桑花，經過一場颱風還完整無恙、無損，洋桔梗是小心維護都難以維持它的完好。

就算在花店看到洋桔梗也不會帶回家，與其買回家後，時刻看它脆弱、毀壞，不如就讓它留在記憶裡，就記得它剛剛被畫好的模樣。

留住的瞬間

喜歡的人事物：

1在書房時，貓咪丁丁走進來不斷對我喵喵叫，好像在問我：「今天有寫詩嗎？」

2開罐頭給丁丁和布布吃，看他們享受的樣子。

3紫藷杜絲可可口味的薄餅。

4咖啡因，巧克力，氣泡水。

5第一個讓我知道愛情是什麼的人，那愛情甚好，讓我誤以為所有愛情都那麼好。

6會照顧人、有智慧的朋友。

7當我感受著台灣的美善之處。

8Estee Lauder的Modern Muse香水。

9一個人看電影，一個人逛書店，一個人旅行。

印象深刻的事：

1很窮的時候沒辦法買Microsoft Office 365家用版，無法用Word檔書寫。

2曾有一位善良的朋友對我說著無比柔和的話語，那種柔和幾乎折斷我的驕傲。

3「少一分打一下」的國中時代，自己和班上同學一起經歷的各種（怪奇）體罰。

4被求婚時爽快答應。想著：「如果母親還在世的話，他應該會是母親屬意的人選吧。」

5在Las Vegas看到的流浪漢和乞者。在最繁華之地安插最落魄的人。

6長女誕生後，有段時間沒辦法陪在她身邊，可是乳房飽含乳汁一滴一滴流淌，奶水像是白色的淚水在召喚她的小獸。

7高中時，翻出學校圍牆蹺課，翻出學校宿舍圍牆夜遊。

8讀北藝大時，因為某堂必修課一週要交一次看戲報告，也因為常有各國團體來校交流，那幾年看了不少不同形式的現場演出：能劇、舞踏、默劇、懸絲木偶……等。

詩的模糊式告白

看見創作者的初衷

大概在二〇一三年以後，除了在創作時實踐對詩的想像，我更常想著：創作是什麼？創作是為了什麼？語言是什麼？表達的目的是什麼？

當我看到一個作品，會想從作品去回推創作者的出發點，是怎樣的初衷，會創造出這樣的作品？這裡指的不一定是詩，電影、舞臺劇、流行音樂或建築等不同形式的作品，都是一種結果，我喜歡從結果反推回去，去理解創作者的原始觀點。

在二〇一八年我注意到丹麥建築師Bjarke Ingels，他的設計讓我產生很大的興趣，Bjarke的作品遍及全球，很多國家都有他的建築代表作，而且每項建築都因地制宜、呈現出不同的概念。

在哥本哈根有一座他設計的垃圾處理廠，屋頂被設計成滑雪坡道，所滑的「雪」是垃圾處理加工後的再生產品，有一面外牆可以用來攀岩，煙囪也經過特別的設計，排放廢氣時，是冒出一個一個煙圈，很有童話感；紐約世貿中心二號大廈也是他的作品，遠看像七個大盒子往上堆疊，階梯式呈現，從不同的方位觀看，會看到不一樣的幾何效果；位在丹麥比隆的LEGO House樂高博物館，看起來像是由21個巨大樂高積木拼成的，最頂端的白色塊狀，像長方形八孔樂高，Bjarke把八個孔設計成八個圓形天窗；正在興建中的花蓮洄瀾灣日出山莊也是他的作品，像群山起伏般的外觀，靈感來自於山水畫。

Bjarke曾經這樣說明自己的概念：「只按照指令設計是遠遠不夠的。」

近年，讓我特別留意的還有Damien Chazelle和他的電影代表作《La La Land》。觀眾對於「愛情電影」或「歌舞片」可能都有一些刻板印象，覺得愛情電影可能就是那樣、歌舞片就是那樣，當觀眾知道這是一部愛情電影加上歌舞片，一開始也許提不起勁，可是《La La Land》把兩者都提升到更高的層次，Damien Chazelle說：「歌舞片是一種非常有力量的電影表現手法，儘管在鏡頭前呈現的是all sugar，在甜美糖衣包裝之下卻能巧妙滲透人心，讓人不經意發現自己脆弱的一面。」

有時寫作也是這樣，故意表達正面，去突顯反面的東西，或者當作者故意顧左右而言他的時候，最被呈現的，反而是沒有說的那個核心。

《La La Land》以愛情為主題、歌舞片為形式。

劇中藉由男女主角的「表演者身分」討論了「創作」這件事，為了向經典電影致意，帶入了不少經典電影的元素，在電影後段，「想像」和「現實」穿插呈現……，雖然加入這麼多材料和設計，卻完全不會覺得擁擠或卡卡的，是經過很細緻的構思、發想，才達到這種流暢又有藝術高度的結果。

當一個作品看起來流暢又豐富，其實是創作者繁複的設計過程，支持了這個結果。

創作過程的心思和計算，是隱而不顯的，也是創作者的底蘊。

直面語言

我常感覺，詩是直面語言的。

一個詩的創作者或閱讀者可以從詩獲得能量，讓生命更自由地遊走。

我對詩有很大的信賴，覺得它無限可能。讓抽象的想法成真，揮灑、嘗試，喜歡創作過程未知的風險和不確定性，從既有的錯誤去學習，也從新的錯誤去學習，我覺得詩是要讓人相信，語言還有更多神奇。

小說家吳明益曾經提到：「詩是一種品質，不是一種文類。」我也相信詩是一種品質。一篇文字如果擁有詩的外觀，還不一定能成立為詩，但是如果擁有詩的品質，也許更可能成為詩。

詩的品質聽起來很抽象，如果試著具體的去描繪，當一篇作品至少具有開創或顛覆或深化的特質，更能夠豐盈文字內在詩的品質。

開創是指，創造不存在的物事、發明感受、尋求創意和新的敘事；顛覆是面對既存事物，變化它的本質，發現新解釋，或者重新定義落俗的語言方式，使它有不俗的可能；深化是，無論開創或顛覆，盡量去尋求深刻不浮面的觀看，凝視事物核心。這三種特質有可能同時發生在同一篇作品裡，也有可能不是同時發生。

詩的跨越

我讀字和寫字的時間，是在下午，或半夜。

如果前一天熬夜到很晚，第二天大概會在中午醒來。

吃過午餐，習慣開車上高速公路兜風，不是在市區或快速道路，高速公路速限一百一比較不會收到超速罰單……。兜風時沒有設定目的地，從我所住的台中出發，也許往南、也許往北。

有時候半夜，在書房久待以後想要轉換心情，也會開車上高速公路。

夜晚時我會往北開，因為麗寶樂園的摩天輪入夜以後發出彩色燈光，而且變換著不同的圖案，從擋風玻璃看出去很醒目，占據視野的一部分，感覺黑色的天空不是那麼寂寞了。

開車時，很大聲的播放音樂，最近常聽的美國流行音樂是Lizzo、Billie Eilish、Macklemore、Bruno Mars、Cardi B、Queen。

另外我對雨天很有感覺。

雨天會讓一切都慢下來，運作中的城市會突然慢個幾拍，不管要到哪裡去，都必須先停下來找傘，在路上行走也因為避雨而變慢。雨天像是一個暫停鍵，如果颱風、停電，那就是一個更大的集體暫停。

開車兜風，如果是在深夜又剛好是雨天，會有一種從現實脫逸的感覺，這時候高速公路已經很少有車輛了，眼前的黑色更為深重，荒涼也荒蕪，雨的聲音是天空的傾訴，這個世界正在說些什麼，這時候如果不要回頭、在黑暗中不斷穿過雨陣開下去，最後好像會到達水星。

近年寫下的詩，有一部分，帶有跨界的特質，譬如組詩〈愛的24則運算〉是詩和數學，〈手指跳房子／finger hopscotch〉或〈迷些路〉是詩和遊戲，〈雨不停〉是詩和圖像，〈默劇演員的內心獨白〉是詩和戲劇……，寫這些作品的時候，我用一種直接和語字面對面的態度。

寫的時候好像在和語字即興排練，它們立體起來，或走或跑，有了人格和個性，在詩架出來的虛擬空間，我和它們交談、抛接、擁抱、拉扯，相愛相親。

藝術發生在時時刻刻

從臺北醫學院（現在的臺北醫學大學）營養系休學，進入藝術大學戲劇系，再從戲劇到詩，我走的是一條越來越邊僻的路，那時身邊的人雖然尊重我的選擇，我知道他們心裡是困惑不解的，是我主動選擇了離主流較遠的路，不過，在這個行走的過程裡，卻覺得離自己近了一些。

在現實的生活裡，我們有各種責任和任務，很多時刻，必須有所隱藏、隱瞞、忍耐、屈就。雖然「我」是一直存在的，在生活在工作在吃喝在行走，但「自我」有時是遺失的，某些時刻我們甚至無法和自己對話，失去了求真的能力。寫詩並非企圖在世界之中務實，它是務虛的，所以詩也就毋須為了務實的目的，去扭曲或改變它的性質，所以詩裡的空間是一種純粹的空間，在這裡，自我得以舒展、擴大。

不理解這種選擇的人，可能以為我誤入歧途，但我覺得這樣迷路也很好，最後誤入奇途，抵達了另一個世界。

為什麼要創作？這是這幾年經常感受到的問題。

一陣子沒有寫詩，會覺得失落，讀字、寫字帶給我非常真實的存在感。

「創作」和我們所面對的真實世界是有關係的，和環境、和現實中的發生是有關係的，這樣的想法，來自於在臺北藝術大學念書時所感受到的氛圍。那段時間是我寫詩的最初，對創作這件事的感受，是從那時候開始慢慢地生長。校園裡隨處可見裝置藝術和雕塑作品，每天下課吃完晚餐，又回系館，繼續排練到半夜。

在那樣的氛圍中，覺得藝術可以發生在每一天、可以發生在時時刻刻、發生在眼前，而「創作」的實際行為就是生活的一部分。

我感覺創作是，不需要刻意去隔絕真實的世界，是要在這個世界懵懵向前運作的同時，去獨立出一個感覺敏銳的自我，活化這個自我，讓這個自我不斷的去辨別、去感覺、去回應、去發明、去追逐。

詩也像（戲劇、電影、美術、音樂等）其他藝術形式一樣，可以對我們的每一天發生作用和影響力，藉著語字，變化閱讀者的心智。

讀一首詩的時候，詩裡的情境、意境可以把我們從此時此地，帶到他方，字裡行間擁有的能量，可以改變人心、影響現實。

詩的變與不變

最近三四年有比較足夠的時間，我回看了之前出版的四部詩集《剛剛發生的事》、《可能的花蜜》、《那些閃電指向你》、《愛的24則運算》。

藉著重出新版本的機會，書中的詩做了一些更動。和最初的版本相較，《愛的24則運算》二版和《那些閃電指向你》三版，在內容上的調動是細微的，變動幅度較大的是《剛剛發生的事》。

二〇〇一年我獲得某個補助、補助作者出版第一部詩集。得知這個消息後，卻遇到母親逝世（在八月九日），處理喪事時我一直想延後出版，卻因為獲得補助、無法延後，十月初就匆促出版了薄薄的小冊《索愛練習》。二〇〇七年我把《索愛練習》中大約三分之二的詩收入《剛剛發生的事》初版，因為準備的過程從容無虞，我視它為我的首部詩集。初版絕版後，二〇一八年重出《剛剛發生的事》十年典藏版，從初版中選出三十八首詩，並且加入了二十首後來的新作。

詩集的改版其實常見，較少接觸文學書的人，可能會對一本書有不同版本（甚至是不同封面）感到驚怪。《可能的花蜜》新版出版以後，每一部詩集目前的版本，就是定本了，未來將不再更動。

從過去到現在，如果問我，詩的必要條件是什麼?只能回答一個答案的話，我會說，詩需要動人，這種動人不僅僅是情緒的動人，一首有能量的詩可以推動閱讀者原有的、固著的想法，讓固定的思考方式再次流動，鈍化的感覺新鮮銳利。

我在二十歲左右注意到詩這種創作形式，也是從那時候開始寫詩，那時吸引我的，是詩呈現出來的，一種俐落又有力氣的表達。

二〇一九年的現在，如果問我詩是什麼，我想詩是美好的詭計，被喜愛的陰謀，有意義的遊戲，魯莽的精緻語言，具有力量具有動機的情境布置，和世界和外界無盡呼應的自我，一種想像的歷程，一種清醒和反作用力。

當我們書寫的時候，我們用文字去進行塑造、宣言、主張、展演、渲染、刺探、偽裝、遊戲或彈奏……。

一首詩的歷程

一首詩發表時，那已經是定稿以後、確定的模樣。

一個寫詩人在書寫的過程當中，設想是什麼、怎麼去安排調動字句？

用自己的一首詩〈新世界〉為例，這首詩裡有一些陌生的動植物和物件，像「懷疑樹。厭世蕨。譫妄鳥。或者森林。食霧獸」等等，把一些不相干的語詞並置在一起，乍看之下近似「異質語詞隨機碰撞」的概念，不過這些字詞並不是隨意拼貼相遇，當中有些計算和設想。

譬如「從前鏡」和「窮盡照片」，如果交換過來變成「從前照片」和「窮盡鏡」就無法成立，因為「從前照片」第一個會聯想的是「從前的照片」，那在意義上已太過「正常」、沒有特殊性，無法達到詩的陌生化效果；「從前鏡」變成「窮盡鏡」，一個可以把事物看到窮盡的鏡子，意義上也許特殊，但「窮盡鏡」在聲音上是不協調的。

乍看之下語詞像是隨機相遇，其實這些物種、陌生的存在，還是經過（隱形的）設想和計算，寫的時候會反覆來回琢磨，去放置、挪移、呈現或隱去。〈新世界〉這首詩帶來一些陌生的意象。

詩人會有慣用的意象，這使得詩人成立了一種鮮明的風格，不過，盡可能的去擴充自己的意象字典，讓思緒踱步到更遠的地方，讓詩的腹地更廣，這也是寫詩人可以做到的。

我習慣在書房裡書寫，很安靜，我們家的貓咪很習慣我在這個小小的房間裡製造出鍵盤打字聲，有時候他會在門外喵喵叫我，我幫他開門，然後，他和我一起在書房裡待上一陣子，他想離開書房時，也是跑到門邊喵喵叫，開門讓他出去，房間又留下我和我自己。

貓和我，我和貓，我和自己。

很多詩都是在這種安靜的時刻完成的。

雖然寫這些詩的過程靜謐，我留意到我的某些詩，在Instagram或臉書特別會看到閱讀者分享這些詩，這樣的詩，是我的整體的一部分；我的另一部分辯證或實驗性或深沉的詩，它們對我的意義也是等重的。

詩有一些大的構成質素：題材、技巧、意象、音樂性、創意、敘述口吻……等，如果看過一個作者的全部作品，可以看出不同作品之間，質素的變化。

最好的時刻

有一件事讓我覺得有趣，二十多歲時獲得某個文學獎，要交得獎感言時，編輯並未說明感言是否需要標題，所以我沒有下標。得獎感言刊出，我才發現這篇短文，被冠上一個（我從沒見過的）標題叫做「我會寫詩」。

我會寫詩，我會塗抹，我會攀登並墜落，前往並錯過，表達然後失誤，消失之後再現……。如果早知道會被冠上一個這樣的標題，我一定會自己下標的。

我並不是從小就是一個熱愛創作的人，小時候只是喜歡寫信，因為經常搬家、轉學，和以前同學往復信件累積起來有很多。

開始寫詩，是因為生命遇到了很艱難的時候，如果母親沒有病、家沒有遭逢變故，我應該還是自得無憂地生活著。

後來，雖然已經度過了最艱難的時候，在那幾年獲得詩這種表達方式，卻一直陪我到現在。

我常感覺，藝術和這個世界並不相等，藝術是比這個變化多端的世界、還要更層出不窮，詩作為一種藝術創作的形式，創作者在能夠思考的時間之中，源源不絕的去嘗試和碰撞，這個過程很有樂趣。

尋常時候，人們的精神常是被綑綁的，看到有限的、固定的東西，為了同樣的笑點而笑，心神沉浸在一種普羅的共同意識裡。最好的時刻，我們回到了一種純粹的觀看，在那樣的狀態裡，沒有對事物的成見，沒有對語詞的定見，離開刻板印象，回到原點，願意重新去察覺和接納，這時候心境又有了各種可能。

詩帶我們回到這種最好的時刻，在這樣的時刻，大自然、環境、社會、生活……，眼前所見和我們的「自我」是無盡的應答著。

註：本文經過修改，原文刊載於《文訊》雜誌二〇一九年五月號。

種字的人

二〇一七年，在一次研討會中，作者們交流的主題，一是文學（漢語）傳統與當下經驗，一是新媒體時代的現實想像。後者談論的是文學在新媒體時代的表現。詩人學者陳義芝的著作《所有動人的故事：文學閱讀與批評》寫道：「被動接收的閱讀，凡人都在執行，睜開眼睛過日子，就是一種『閱讀』。」除了紙本閱讀，許多閱讀也在網路進行，卻不一定是閱讀文學，譬如臉書，即時的大量的意見表達，形成一種流動、瞬息改變的氛圍，也讓創作者經常察覺他人意識，臉書上看到的資訊，如臉友動態中的心理測驗、下週氣象預報、星座運勢、徵友訊息、時事新聞評論……，當這些事物出現，我閱讀它們構成的邏輯、它們成立的方式。臉書上的動態，有時提醒了我久未想起的事物，有時帶來不同的觀看角度，有時語氣真誠卻又埋藏了別太認真的斜睨暗示……。當我閱讀這些，同時也是閱讀他人的思維邏輯、價值判斷，有時奇異、有時奇妙的網路發言，呈現出多樣多變的思緒展演是有趣的，我看見充滿表情的人的性情。

由於藝文媒體大多擁有網站或臉書專頁或電子報或ＩＧ，除了紙本，我也在網路上閱讀文學。在此空間，事物失去了明確界線，生活的、生存的、虛擬的、真實的、嚴肅討論或謾罵、文學的、與文學無關的……，在同一空間中飄浮、撞擊、存有。

作為一個在紙媒和網路都發表作品的作者，感覺思緒的碰撞、資訊的交換或許帶來衝擊，但我也覺得當作者頻繁的接收到有關作品的回應，反而要有更細微的辨別，無論發表在網路或紙媒，某種謹慎的、要求新意和深意的標準是一直存在的，作者不須順從或討好，更加需要自覺警醒去做出判斷，對詩誠實。無論詩的意趣是古典、是新潮、是自白、是抵抗、是優雅、是諧趣……種種，對詩意的高度的要求、對創造性的要求，無論在什麼場域發表都毋須降格以求。《所有動人的故事：文學閱讀與批評》寫道：「文學作品像百卉，因為難以歸類，難以命名，所以創作不必與人同。」創作者詩觀不同，作品也表現出姿態各異的風格差別。我想，並非古典是壞、新潮是好，也並非沉靜是壞、熱鬧是好，無論古典或新潮、沉靜或熱鬧，詩質好壞無法單從此端評判，閱讀者更關心的可能是，作者對於他所展現的風格，其間發展的過程走了多遠多深、表現的技巧是否有效是否成立。情境的想像、意識的力道，會在書寫過程中種進字裡行間。詩集的銷售和詩的發表場域，是後來、後期的事了，在書寫的過程，詩人已經必須自覺藝術的責任，尋求別緻的表達。

書寫者是種字的人，種在稿紙上，也種在Word檔裡、網路上，白底綠格稿紙上的筆跡，和螢幕裡的新細明體字級12，都投映在瞳孔的湖中成為倒影。

註：二〇一七年七月，林婉瑜和姚謙在《聯合報副刊》「文學相對論」發表五場對談，〈種字的人〉是林婉瑜對於「文學相對論」（五之四）的延伸討論。本文經過修改，原文刊載於《聯合報副刊》二〇一八年一月二十六日。

我 沒 有 談 的 那 場 戀 愛

作　　者　林婉瑜

發 行 人　黃鎮隆
副總經理　陳君平
總 編 輯　周于殷
美術總監　沙雲佩
封面設計　霧室
內頁圖像構想　林婉瑜
內頁圖像設計　陳碧雲
內頁排版　劉淳涔
公關宣傳　邱小祐、洪國瑋
國際版權　黃令歡、梁名儀

出　　版　城邦文化事業股份有限公司　尖端出版
臺北市民生東路二段141號10樓
電話：(02)2500-7600　傳真：(02)2500-1971
讀者服務信箱：spp_books@mail2.spp.com.tw
發　　行　英屬蓋曼群島商家庭傳媒股份有限公司
城邦分公司　尖端出版行銷業務部
臺北市民生東路二段141號10樓
電話：(02)2500-7600(代表號)　傳真：(02)2500-1979
劃撥專線：(03)312-4212
劃撥戶名：英屬蓋曼群島商家庭傳媒(股)公司城邦分公司
劃撥帳號：50003021
※劃撥金額未滿500元，請加付掛號郵資50元
法律顧問　王子文律師　元禾法律事務所　臺北市羅斯福路三段37號15樓

台灣地區總經銷　中彰投以北(含宜花東)　楨彥有限公司
電話：(02)8919-3369　傳真：(02)8914-5524
地址：新北市新店區寶興路45巷6弄7號5樓
物流中心：新北市新店區寶興路45巷6弄12號1樓
雲嘉以南　威信圖書有限公司
(嘉義公司)電話：0800-028-028　傳真：(05)233-3863
(高雄公司)電話：0800-028-028　傳真：(07)373-0087
馬新地區經銷　城邦(馬新)出版集團　Cite(M) Sdn.Bhd.(458372U)
電話：(603)9057-8822、9056-3833　傳真：(603)9057-6622
香港地區總經銷　城邦(香港)出版集團　Cite(H.K.)Publishing Group Limited
電話：852-2508-6231　傳真：852-2578-9337
E-mail：hkcite@biznetvigator.com

版　　次　2019年12月1版1刷　Printed in Taiwan
2021年 3月1版3刷
I S B N　978-957-10-8669-9

國家圖書館出版品預行編目（CIP）資料

我沒有談的那場戀愛 / 林婉瑜作. -- 初版. -- 臺北市：尖端, 2019.12
面；　公分
ISBN 978-957-10-8669-9 (平裝)
863.55　　108009551